KB210776

글
촌
시
인
선
0
0
3

내버려두기

김차중 시집

일러스트

신우선
한미영

내
버
려
두
기

초판 발행 2025년 5월 20일

지은이　　　　　　김차중
발행인　　　　　　김차중
발행처　　　　　　도서출판 글촌
출판사업본부장　　김현수
일러스트　　　　　신우선, 한미영
디자인　　　　　　정희정
인쇄　　　　　　　예원프린팅

신고번호 제2022-00235호
주소 서울특별시 마포구 양화로 133 서교타워 708호
전화 02-325-3725
전자우편 원고투고: hanll@naver.com

© 김차중, 2025

ISBN 979-11-981313-5-5
ISBN 979-11-981313-1-7 (세트)

◎ 이 책에 실린 글과 이미지는 저작권법에 의해 보호를 받는 저작물입니다.
◎ 파본은 구입하신 서점에서 교환해 드립니다.
◎ 책값은 뒤표지에 있습니다.

내버려두기

김차중 시집

일러스트
신우선 · 한미영

서시

시에 바람이 들었다
방안에서만 뒹굴던 시가
바람을 타고 창밖으로 날아가려 한다

그림으로 다시 한 번 숨을 불어넣었다
뒤척인다
작은 새가 되어 간신히 창틀에 올라
날기를 머뭇거린다

바람이 분다
시가 세상으로 날아간다

차례

차례

1부

너에게

봄눈

큰 눈 쌓이는 소리가
잠을 깨웠다

삼월 중순 새벽
봄이 끊겼다

느리게 가던 겨울이
눈 맞고 내려앉았다

걱정 말아라
낮이 되어 햇살 비추면
얼었던 겨울눈
싹 틔우겠지

새싹

들풀이 새싹을 돋우는 것은
샛바람 때문만은 아니야

딱딱한 대지를 녹이는
햇볕 때문만은 아니야

지난해 겨울 언 땅속에
잔뿌리 하나
내려놓았기 때문이야

구두

염천교의 구두는
구두장이 할아버지의 예찬이
진득하니 붙었다

수백 번의 망치질과 바느질이 엮은
번듯한 수제 신발
철길 위를 걷듯 며칠 걸으니
발 모양에 맞추어 주름이 졌다
밑창을 깎아내며 걸음의 균형을 잡아준다
맞춤 구두가 되었다

외출을 마치고 신을 벗으면
구두는 밤새 긴 숨을 쉰다
아침이 오면
다시 그 속을 내어 준다

계절이 한 번 돌고, 갈 길 다 갔더니

주름은 나이테처럼 깊은 자국이 되었다
뒤꿈치의 탄력이 희미해졌다
번쩍이던 윤기도 사그라졌다

새 구두 사러 가는 길
구두는 생채기 난 연어가 되어 염천교까지
나를 실어다 주었다

엄마의 베개

엄마는 잘 때마다 돌아누웠다

1980년,
대학병원 짓는 일에 못을 뽑으러 나간다
일을 나설 때 손에 쥔 수건이 전부다
종일 쪼그리고 앉아 장도리로 못을 뽑아내는 일이다

나는 일곱이라 일 가는 엄마를 말릴 수 없다
일 나가면 친구도 만나며 즐겁다는 엄마

해질녘 사립문 열리는 소리는 엄마의 소식이다
목에 두른 구겨진 수건, 오른손엔 보름달빵
달려가 구수한 땀내 가득한 엄마의 품에 안긴다

엄마는 잘 때마다
돌아누운 채 시름시름 앓다가 잠이 든다
엄마의 베개에 묻어난 얼룩

몇 해가 지나고

엄마가 하늘로 가시고

달콤하기만 했던 그 빵이

엄마의 새참이라는 것을 알았다

베개의 얼룩이

엄마가 흘린 눈물자국인 것을 알았다

공중전화

호출기가 울리면 책을 덮고 뛰쳐나갑니다
공중전화 앞에서 줄을 섭니다

가장 짧은 대기 줄을 찾아 섭니다
때론 30분이 넘는 기다림도 있습니다

사람들의 손에는
100원짜리 동전들이 담겼습니다
그리워하는 만큼의 시간을 쥐었습니다

책을 읽으며 기다리는 사람도 많습니다
친구와 같이 기다리는 사람도 있습니다

오래오래 기다리다 전화합니다
그 사람도 그만큼 기다리다 전화를 받습니다

전화를 마치면

그리움이 걷혔습니다

우체통

비 오는 밤 편지를 보낸다
우체통 앞 떨리는 손
한참을 맴돌다 밀어 넣는다

투욱 툭 빗방울 튕기는 소리는
우체통이 편지를 읽는 소리
고백의 낱말들을 읽느라 불그스레하다

우체통은
아침나절 우체부가 올때까지
그리움을 읽는다

편지를 거두어 가면
우두커니 서서
사랑이 이루어지는가 내다본다

봄바람

이른 봄바람이 차가운 이유는
성급한 마음에 일찍 온 탓이지

벚꽃이 금세 피고 지는 이유는
푸른 잎보다 먼저 나온 수줍음 때문이지

꽃잎이 맴돌며 떨어지는 이유는
산들
부는 바람에 춤을 추는 것이지

모퉁이

동네 밖으로 흐르는 골목길은
농부들의 수레 길
곧 오실 어머니를 기다리는
맨발의 꼬마들이 스르르 미끄럼을 탄다

황토벽 아래 이끼 향이
발바닥 간지럼을 더하고
분홍빛 고운 석양이 얼굴 비칠 때
어머니 그림자는 길쭉이 넘실거리며
황토빛 골목을 채운다

오동나무 잎사귀가 저녁 바람에 일렁이고
바삐 달려든 아이의 얼굴이
엄마의 허리춤에 묻힌다

소풍 전야

카메라와 선글라스
다디단 음료수와 간식거리

배낭을 여닫기를 여러 차례
수백 번의 외출에도 서툰 준비 중

입고 갈 옷가지를 개어 놓고
운동화를 턴다

수건과 모자
필요 없을 우산도
옆구리에 물병을 착 꽂으면 근사해지는 배낭
준비를 마친다

아침에 눈을 뜨면
계란 삶는 일을 잊어서는 안 된다

잠이 오지 않는다

계단

계단의 소리는 여러 가지다
밟는 이의 생김새와 마음에 따라
다른 소리를 낸다
내릴 때와 오를 때가 또한 다르다

계단의 박자는 여러 가락이다

밟는 이의 사는 모습에 따라 다르다
내릴 때와 오를 때가 또한 다르다

아침의 계단과 저녁의 계단은
다른 소리를 낸다

계단이 숨을 죽이면
세상은 고요하다

새벽이 트고 새바람이 잦아들면

계단은 다시 긴 장단을 켠다

완행열차

덜컹거리는 기차는 어김없이 졸음을 불렀다
어지간히 규칙적이던 기차의 진동은
차라리 고향이었다

눈을 감으면 떠오르던 기억도
기차의 리듬에 춤을 추었고
차창을 스치는 삼각형의 지붕들도
울림에 따라 다가오고 떠나갔다

물건을 파는 역무원의 리듬 섞은 언어도
아기의 울음소리도
기차 바퀴의 덜컹거림에 박자를 맞춘다

완행열차의 이음칸에서
얼굴과 가슴을 기차 밖으로 내밀 수 있었다
견고한 손잡이 덕에 떨어지는 사람은 아무도 없었다
가끔 신발을 반쯤 걸친 청춘들이

신발 한 짝을 떨어뜨렸다는 이야기는
서너 번 들었던 적이 있다

노란 바람이 세상을 누렇게 물들이는 시간
도닥도닥 기차의 진동이 느려지면
무채색 군산역이 덜커덩 덜커덩 천천히 다가왔다

셀프카메라

요즘 너의 얼굴이 낯설어
사진을 찍었지
무표정한 얼굴에 드리운 어색한 웃음
너를 마주한 적이 오래된 탓이겠지

너의 모습은 저항으로 길들고 말았어
미간의 깊은 주름은 고쳐지지 않을 테지만
너에게 카메라를 대었을 때
못난 얼굴도 좋으니 당당한 눈빛을 건네줘

하루에 한 번은 모습을 남길 것이야
일기를 쓰는 것처럼

시화전

잔디밭에 시화를 펼쳐놓고 자리를 틀었다
아직 머문 아침 안개가 머리카락에 맺혔다
내 동기 효석이는 시화전 지키느라
전공 시험도 걸렀다

오가는 사람들의 발걸음이
시화의 영역으로 들어오기만 기다렸다
방명록엔 낯익은 이름들뿐
읽혀질 꿈을 안고 늘어선 시화들은
세상과 나 사이 경계가 되었다
동정의 눈길만이 들락거렸다

안개는 점점 비가 되어 내렸다
손으로 쓴 현수막만
비바람에 나부꼈다

황금마트

집 밖으로만 나가면 외쳐대는 아이들
"황금마트"
황금박쥐 가면이 가득할 것 같은 작은 가게
시선을 돌리려 해보아도
황금마트는
보물창고가 되어 아이들을 빨아들인다

비좁은 통로를 휘젓고
장난감과 과자를 들었다
내 눈엔 둔탁한 모형일 뿐
두고 온 장난감에
아이들은 토라졌다

퇴근길 마주친 황금마트
맥주 하나 집어 들고 마주친 공룡이
이빨을 드러낸 채 토라져 있다

너에게

고향을 지나는 기차를 타면

가까운 가로등 불빛은 빨리 지나가고

먼 곳 너의 집 불빛은 천천히 지나가고

나는 그 시간 속에 서성이고

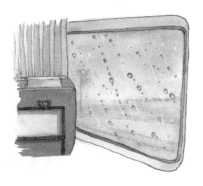

노을 속에는

노을이 들면 너는 그 속에 있다
바람의 길을 따라 장막을 드리운다
너는 말이 없지만 너의 말을 듣는다
네가 떠난 날
노을이 드리운 그날
너를 그 속에서 보았다
너는 그 속에 있었지만
궂은 날에는
너의 이야기를 들을 수 없었다
그런 날에는
말없이 떠난 네가 미워지기도 했다
너는 떠나갔다
나는 너와의 기억을 노을에 물들였다
붉은 노을이 구름에 적셔진 오늘도
너의 말을 꺼내어 듣는다

슬픔이 지워지지 못하는 까닭은

나에게 용기가 없으면 그것이 없음에 슬프다
나에게 사랑이 없으면 그것이 없음에 슬프다
나에게 희망이 없으면 그것이 없음에 슬프다
나에게 용서가 없으면 그것이 없음에 슬프다

슬픔을 지우려 하지 말자
슬픔에 슬퍼하지 말자
슬픔이 찾아오면 술잔을 나누자
슬픔과 한없이 슬픔을 나누자

슬픔이 슬픔을 말할 때
가슴은 폐허가 되지만
폐허의 조각을 눈물로 토해내면
슬픔은 가슴속 고요하게 잠든다

손톱 깎는 일

가려운데 긁어 주고
박힌 가시 빼내고
밥도 먹여주는 손가락을
광배처럼 드리웠다

손톱을 위하는 일은
손톱 깎는 것뿐
탁탁 손톱이 깎이어나간다

두상 번듯한 열 분 스님
감사하며 살라 말씀하시듯
죽비로 탁탁 치신다

여름으로의 초대

산중에 오두막집 하나 빌려 놓았습니다
구름 아래 산에서 계곡물이 흐릅니다
무릎만큼 물막이를 놓아 물놀이도 괜찮습니다
맑은 물에 지겨운 모기도 없습니다

매미들이 시끄럽게 울어 댄다지만
님 그리는 힘겨운 울음이니 말릴 수 없습니다
그 소리가 맴돌다 물소리에 섞이어
여름 한낮 시원한 바람을 부채질합니다

바윗돌에는 큰 나무들이 그늘을 드리웁니다
수풀 속 개구리도 돌 틈의 물고기도
자리 잡고 쉬어가는 곳입니다

가져올 것 하나도 없습니다
고맙다는 마음도 다 비우고 오십시오
더운 여름 가기 전에 꼭 오십시오

행복한 여자

하얀 블라우스와 연두색 치마
매일 같은 옷을 입고 다니는 여자
짙은 분홍 볼 터치
끊이지 않는 혼잣말
카페에 앉아 차를 마신다

날마다 마주치는 우연
아이처럼 해맑은 웃음
그녀를 볼 때마다 미소 짓는다

어려서부터 착하고 예쁜 아이
동네 어르신 모두가 예뻐하던 여자
아는 사람만 아는 그녀의 가정사
버림받은 여자
상처받은 여자

사람들의 퇴근길

해 저문 버스정류장에 앉아

오가는 행복을 가득 담고 떠난다

떠난 후에

떠난 후에
차창 밖으로 눈빛을 건네면
너의 뒷모습이 보이고
펜을 들면 너의 이름이 써지고
밤하늘엔 너의 얼굴만 그려지고

내일 비가 온다고 하니
커다란 우산을 찾는다

전화기만 바라보다 잠이 든다

2부   **같은
신발**

가은역

탄광 아래 작은 마을 가은역이 있다
봄비를 적신 가은역은 고요했다
끊어진 철로를 등 뒤로 숨기고 아무 일 없는 듯
사람들을 반긴다
그리운 사람들은 세모가 되었고
기억 속 풍경은 네모가 되어 쌓아진 역사驛舍는
여전히 그리워 하던 사람들을 불러댄다

나도 그 앞에 불리어 섰다

가은에서 진남까지 광부와 광물을 실어 날랐던
작은 간이역에 봄을 부르는 보슬비가 내린다
가을이면 빨간 물 들이는 단풍나무는
철로 곁에 서서 벌써 가을을 기다리고
길 건너 줄지어 선 벚나무는
봄꽃을 틔울 빗물을 머금었다

역 앞에
역이라 불리어도 좋을 청파다방 찻잔에
모락모락 김이 피어오르면
광부들의 굳은 얼굴에도
화들짝 웃음꽃이 피었을 것이다

검정 전화기 다이얼을 대여섯 번 돌리면
아이들이 떠드는 소리를 재껴내고 다가오는
아내의 목소리

바람벽에 붙은 낡은 종이에 써진
막차 시간표를
쳐다보고 또 쳐다봤을 것이다

검은 연기 내뿜는 기차가 역사에 도착하면
잠바 자락 휘날리며 신이 난 채
역으로 빨려드는

검은 광부들의 뒷모습
황금빛 가로등 불빛이 등 뒤로 얹혔을 것이다

가은역에 불이 꺼지면
청파다방 천장에 매달려 흔들렸던 불빛이
멀겋게 사그라들었을 것이다

스르륵 잘도 여닫히던 미닫이문이
삐걱삐걱 신음을 내며
막차로 철길을 달렸을 것이다

고독

어느 길로 왔는지
돌아서면 어디로 가야 하는지
얼마나 먼 곳으로 왔는지
더 가야 할 곳은 어디인지

걷다가 마주치는 사람을
인연이라 말하는 것은
허황한 말장난

고독은
가진 것 없음이 짐이 되는
고행의 길

비둘기

이른 아침 하얀 날갯짓으로
아이들의 등굣길을 배웅하였다
공원에 나가면 사람들의 눈길은 다정하였고
맛난 과자 조각도 던져 주었다
그들이 있는 곳에 지키고 서 있으면
배고플 일은 없었다

비둘기처럼 다정한 사람들이라면
장미꽃 넝쿨 우거진 그런 집을 지어요*

음식을 받아먹던 날로부터
족속이 불어나기 시작했다
고왔던 깃털은 먹이다툼으로 더러워졌다
몸은 뚱뚱해지고 날갯짓도 힘들어졌다
사람들은 저만치 피해 다닐 뿐이다

전깃줄에 올라 지나는 사람에게 똥을 갈긴다

취객이 남긴 토사물을 탐낸다
고양이에게 쫓기는 것도 일상이 되었다

먹이를 찾고 있는데
어느 우라질 놈의 발길질에 날개가 부러졌다

고요한 숲으로 날아가
둥지를 틀어 뽀얀 알도 낳고
오순도순 잘살아 보겠다는 꿈도
부러져버렸다

* 1969년 전우 작사, 김기웅 작곡, 이석 노래의 노랫말 중

수요일

우산대로 나뭇잎을
찍지 마시오

딱 한 번 누워
밤하늘 바라보는 낙엽을

시 읽는 밤

시 읽는 밤이면 그리운 사람이 맺힌다
시 안의 풍경이 창틀에 걸치고
시 속의 음악이 하얀 방에 흩어진다

바람이 두드리는 창문을 열면
소스라치는 벽 속 묵은 냄새
창밖의 검은 밤으로 사라진다

시구詩句에 당신이 있고
시인의 그리움에 그대가 들어선다

시 읽는 밤이면
방안에 그대의 속삭임이 떠다닌다
추억이 습관처럼 가슴에 스민다

변해가네

도둑고양이는 길고양이가 되었고
애완동물은 반려동물이 되었다
멧돼지는 도시를 배회하고
산에는 개와 고양이가 산다
강남 간 제비는 돌아오지 않는데
참새는 비둘기와 길바닥 먹이를 다툰다
말벌은 아파트에 집을 짓고
꿀벌은 길을 잃는다

텔레비전에선
한 번도 가 본 적 없는 아프리카에 샘을 만들자 하고
한 번도 본 적 없는 북극곰을 돕자고 한다

세 살 아이가 휴대전화를 만지작거리고
사람들을 줄 세웠던 공중전화는 자취를 감췄다

청량리에 내려서서

반짝이는 별을 열 개나 세었다

고요하게 비추는 달 속을 들여다보다가

옛 생각을 꺼내어 본다

하얀 강박

찬장 속 잠들어 있는 하얀 찻잔이 번뜩인다
물에 씻어 먼지를 털어내고 식탁에 놓았다

책장에 숨어 지내던 빈 노트를 꺼내어 펼쳤다
소중한 생각이 들지 않아 아무것도 적지 못해
몇 번을 아꼈던 노트
잘못을 고백하면 더럽혀질 것 같은 두려움이었다

지난여름 구입한 새하얀 순면 셔츠를 꺼냈다
거울 앞에서 시험삼아 걸쳤을 뿐
한 번도 외출하지 못한 옷
한여름 땀에 젖어 얼룩이라도 남게 되면
다시는 못 입을 두려움이었다

하얀 찻잔에 검은 커피를 휘휘 저었다
하얀 노트에 여름의 기억을 써내려 갔다

하얀 셔츠를 입고 한낮 폭염 속으로 걸었다

고상했던 하얀 강박이 고열에 벗겨졌다

늦바람 난 선풍기

비닐을 씌워 창고에 넣으려다
가끔 드는 가을 더위에 아쉬울가
잘 씻고 말려 다시 옆에 두었다

하얗던 색깔은 세월에 바래졌고
오래된 훈장처럼 박혀있는 버튼은
정성스레 눌러야 말을 듣는다

할 일 없는 꿀맛 같은 휴일
읽으려던 책을 까맣게 덮어두고
소파에 앉아 시원한 바람을 맞는다

정겨운 날갯짓이 머리카락을 매만지고
마법 같은 소음에 눈이 감긴다
스르르 밀려오는 파란 가을 낮의 단잠

내버려두기

창밖으로 꺼낸 화분 속에
토끼풀과 참새 발가락 닮은 풀이 자라도록
내버려두었다

별처럼 작고 노란 꽃을 피웠다

풀벌레 하나가 자리를 틀고
화분에 떨어진 별들과 속삭인다

오늘밤엔 별 닮은 이슬비가 오려나 보다

신문 사절

대문에 붙여진 신문사절 네 글자엔
거절의 말들이 덕지덕지 붙었다

어제의 사건과 새로운 일들이
문 앞에서 낯선 바람에 파르르 떤다
신문들은 흙먼지 섞인
눈더미처럼 쌓여간다

신문이 놓일수록
네 글자는 더욱 짙어진다

성벽처럼 단단한 대문
배달부는 붙들었던 소망 하나를
새벽하늘로 날려 보낸다

버려진 신문을 툭툭 털어 싣고
삐죽거리는 자전거를 끌고

골목을 슬렁슬렁 빠져나간다

삶이 변변찮던 어릴 적 나의 형처럼

사내는 오늘 새벽길 하나를 눈물로 지운다

그 사람 이름을 기억하기로 했다

골목길 담에 어린 왕자 벽화를 그린 사람의 이름을
기억하기로 했다
아침마다 어린 왕자의 이야기를 들려주는
그의 이야기를 따라가고 싶다

단 한 번이라도 고마움을 주었던 사람의 이름을
기억하기로 했다
이름을 모른다면 그에게 꽃 이름이라도 붙여
기억해야겠다

처음 만나는 사람들의 이름을
기억하기로 했다
처음 만날 때부터 그의 이름을 불러 주며
살갑게 친해져야겠다

지금 곁에 있는 사람들의 이름을
잊지 않기로 했다

한 명도 잊지 않고 더욱 행복해지라고
빌어 주어야겠다

이른 봄바람 부는 오늘밤
기억 속 이름들을 꺼내어 하얀 종이에 밤새도록
쓰고 읽어야겠다

그대를 진정 사랑하는 사람은

당신을 정말
사랑하는 사람은

당신이 신고 있는
신발의 밑창 같은
사람입니다

지금 당신과
가장 가까운

그 사람
그 사람

한 줄 글도 쓸 수 없던 날

한 줄의 글도 써지지 않던 날
잉크는 굳어지고
가슴은 타들어 가고
불안은 괴로움으로
괴로움으로 외로워지고

펜을 놓으면 고통은 사라질까
침이 마른 펜을 던졌다

돌아오고 마는 짙어진 외로움
타들어 가는 하얀 머리카락

그림을 그리지 못한 이유

그림을 그리지 못했던 이유는
연필 잡는 법을 몰랐기 때문이었다
지휘봉 잡듯이 잡으라던 학창 시절 미술 선생의 말은
손을 경직시켰다

그림 취미반에서 연필 잡는 방법을 물었다
힘을 빼고 편안하게 잡으세요
편안하게 말하는 이십 년 경력 화가의 말은
좀처럼 편히 들리지 않는다

글씨를 쓰듯 가볍게 연필을 쥐고 눈앞에 놓인
식빵의 결을 따라 연필이 길을 걷는다
어기적어기적 춤추듯 그려낸 그림이
마침내 식빵과 닮아 있다
이십 년 경력 화가의 말은 틀림이 없었다

나에게 잘하는 것 하나가 생겨난다

그림들을 빤히 들여다보면 그들의 말소리가 들린다
여태껏 몰랐던 한 편의 이야기가 적혀있다
걷다가 마주치는 그림들이 중얼거린다

빈센트는 슬픔에 지쳐있고
샤갈의 눈 내리는 마을이 쓸쓸하다

같은 신발

아이의 운동화를 샀다
마룻바닥에서 신을 신고 이리저리 돌려 본다
걷는다, 뛴다, 날아오른다

내가 만든 운동화를 점검받듯
마음을 졸이다가
아이의 즐거운 표정으로
걱정을 지워냈다

행복한 웃음이 탐이 났다

퇴근길
닮은 운동화를 사 들고
집에 간다

오늘 아침

출근길
동전 구르듯 낙엽이
굴러 간다

나는
웃고 말았다

정해인 시인

눈가의 깊은 주름이 별빛과 닮아
그의 눈은 별이 되었네

별은 미소가 드리울 때 더욱 맑아오네
별빛은 추억 서린 이야기꽃에 더욱 따사롭네

 가을비 젖은 별 닮은 나뭇잎이 내리는 밤
그 눈가에 깃든 살가운 별빛이 참 그리워지네

가을이 옵니다

라디오 선율 사이로 귀뚜라미가 웁니다
오늘 밤 가을이 오려나 봅니다
창문을 열고 가을 소리를 들어 봅니다
가을 향내가 밖을 서성입니다
바람과 달빛과 풀벌레 소리가 떠다닙니다

창밖으로 꺼내놓은 화분에서는
여름 내내 채송화가 폈다 졌다 했는데
그 꽃이 지고 국화꽃이 폈을 땐
가을이 올 만큼 온 것이겠지요

가을이 모두 오기 전에
남쪽 고향에 가을이 온다고 전해야지요
구절초 흐드러지게 핀 산길을 걷자고 약속해야지요

옥탑방

옥상이 있는 집에 사는 녀석은 나에게 옥상 구경을 허락하지 않았다. 가장 높은 곳을 독차지하는 우두머리 물개처럼 학교가 끝나면 녀석은 옥상에 올라 동네 단 하나의 길을 내려다보는 것이다. 사람들이 지날 때면 다 먹은 옥수수를 사람들에게 수류탄 던지듯 내던질 때도 있었다. 땅에서 몇 미터 올라선 저곳은 구름 같을 곳일 거야, 고요하고 숨기 좋은 곳, 아무도 방해할 수 없는 곳, 내가 간직하고 싶은 것만 골라 얹어 놓고 나만의 세상을 꾸밀 수도 있을 거야, 주정뱅이의 고함도 들리지 않을 테고 밤하늘 뜬 별을 언제나 볼 수 있겠지. 경계도 없는 초원 같은 곳일 거야. 옥상이 있는 집에 사는 것, 옥상을 마음껏 누빈다는 것은 장래의 희망보다 더 큰 꿈이었다. 마을이 개발되고 3층 집도 지어지고 괴물 같은 아파트도 생겼지만 물결 모양의 슬레이트 지붕을 얹은 집에 사는 나는 옥상은 늘 오르고 싶은 정상이었다. 서울에 올라와 얻은 집, 다섯 평이라고 우기는 세 평짜리 자양동 옥탑방, 무릎도 닿지 않는 난간의 계단을 오르는 화산華山의 바위 잔도 길, 해뜨기 전과 해가 지고 난 밤 오르내리는 옥탑방.
나는 허름했던 어린 시절 꿈을 이루어 냈다.

서랍 속 노트를 꺼내어

바래진 노트가 잊힌 기억을 얹고
낡은 서랍장에 놓여있다
의미 없이 쓰인 글들이 성냥불처럼 깨어나
아렴풋한 과거 세상의 문을 열었다

어느 엄마의 기다림이 드리운
버스정류장이 보이고
낙엽 쌓인 우체국 공터에서
나의 연인에게 선물로 받은
레코드판의 노래가 흐른다

지난날들이 숨을 쉰다
서랍 속에 노트를 다시 넣고 닫아도
사라진 기억들이 햇살처럼
서랍장 밖으로 내비친다

3부   그놈의
       사랑

가을 산책

밤하늘 별을 보고 별이 된 단풍잎이
햇볕을 일군다
별똥별을 받아서 매단 잣나무가
초록빛 그늘을 드리운다
담쟁이는 하늘소를 따라가다
소나무 등허리에 발자국을 남겼다
하얀 낮달에 새겨진 그림자를
계수나무가 그리워하고
상수리나무는 열매를 떨어트려
타닥타닥 산등을 두드린다

길가에 내려앉은 낙엽들의 이야기가
바람에 사각거린다
책갈피에 꽂을 고운 잎을
골라 주워 먼지를 턴다

까마귀 한 마리와 까치 한 마리가

겨울을 날 둥지에 쓸

마른 나뭇가지를

입에 물고 날아간다

꽃게

톱밥을 뒤집어쓴 꽃게
폐부를 긁는 호흡으로
숨을 아낀다
움직임을 멈춘다

툭툭 집게를 건드는 손님은
죽어가는 꽃게의 힘겨운 움직임에
미소 짓는다

신문지에 싸여
꽃 한 번 틔우지 못하고
눈을 감는다

오늘 밤 살맛 날 손님은
검은 봉투를 흔들며 집으로 간다

보리암

돌탑 길의 소원을 읽으며
보리암에 오른다

연등은 염불 소리에 너울지고
가랑비는 처마 밑에 염주를 엮었다

관음보살님께 소원 빌고
바다를 내려 본다

만선의 고깃배가
긴 물결을 그린다

청산도

파랑 초록만 푸르름이 아니다
노랑 유채꽃 굽은 황톳길 청산도는 푸르다
햇빛 그을린 나그네도 청산에 들면
느릿하게 푸르러진다

구들장논둑 물 흐르는 소리
누런 보리밭 푸른 바람 물결치는 소리
구경 나온 이쁜 할매 카메라 소리

한낮 풀 뜯는 염소의 메아리가 어떤가
석양 숲에 드는 어미 새 지저귐이 어떤가
밤이슬 울어대는 풀벌레 울음이 어떤가

민박집 아줌마 돌담 쌓는 소리
섬 한 바퀴 돌고 온 나그네의 너털웃음과
강아지 뛰어나와 울리는 쇠방울 소리

깊은 밤

섬 위로 피어오른 별빛은 어떻고

석모도

마음 둘 곳 없을 때 석모도에 가자
밥 짓는 연기 오르는 석모리를 가로지르자
넉넉한 논밭을 거닐고
석모리식당에 들러
석모리 사람 넉넉한 마음을 담아보자

서풍이 불어올 때 석모도에 가자
어머니의 치마폭에 바람 불어오듯
갯벌에 너울지는 파도를 어루만지자
보문사 천인대에 올라
붉어지는 낙조에 얼굴을 대어 보자

바다가 보고플 때 석모도에 가자
장구너머나루터에 나아가
어부가 실어 온 물고기를 같이 세어보자
모래밭에 터를 잡고
밤새 바다를 바라보자

격포 등대

외로움이 굳어진 단단한 고독
폭풍처럼 다가오는 밀물의 시간
돌덩이 같은 파도의 파편을 맞는다

일억 년 켜켜이 쌓인 시간의 화석
수만 겹 지층을 파고드는
칼날 같은 바람 소리

검은 바다 달그림자 드리우면
등대로 향하는 둑길을 걷는다
바다만 바라보는
하얀 밀실의 차가운 뒷모습

가을의 규정

가을이라 부르며 바람이 든다
땅을 두드리는 소리도 빗소리
대추나무 잎사귀에 빗소리가 맺혔다

이 비로

멍든 발이 조금 더 쑤셔오면 어떤가
가을을 산책할 궁리에 잠기는데
가을이면 만날 사람이 떠오르는데
가슴엔 주황빛 가을이 타들어 가는데

어디서 부는지 모르는 바람이 불어오고
한 번쯤 보슬비가 흩뿌리고
그 시절이 생각나면 가을이지
그 사람이 생각나면 가을이지

무등산아

강철로 짓이겨도 울려 퍼진 함성을
메아리로 들려주오
전쟁처럼 잔혹했던 빨간 봄을
천천히 읽어주오

밝은 곳으로만 가려 하지 않는 세상과
배워야 할 것을 배우지 못하는 청춘에게
당신의 이야기가 필요하오

거센 태풍이 와도
망월동 묘비 앞 웃는 사진 한 장 뒤집지 못함을
진실에 부대끼는 자들은 알 일이 없잖소

화순 가는 너릿재에서
젊은 영혼들의 말소리가 들린다는데
너릿재는 당신의 품속에 있잖소
서둘러서 그들을 내어주오

도란도란 이야기 나누는

망월에서 동무들이 같이 살아보자고 하오

** 광주에서 화순으로 가는 길목 너릿재에는 암매장의 의혹 있어
발굴하고 있다고 하는데 아직 발견되지 않고 있다고 한다.

전북은 이렇다

전북을 달리는 버스는 빠르지 않다
직행 같은 쌀쌀맞음을 경계 밖으로 던지고
들를 곳을 들르며 간다

전북의 풍경들이
외로운 길 스치는 버스를 바라보듯이
전북고속버스는 외로운 승객을 싣고
긴 풍경을 스치며 간다

그리고 그것을
외로운 그들에게 읽어준다

형도衡島의 기억

바다는 섬 자락에 걸터앉아 고깃배를 부른다
아이는 조개 잡는 엄마 곁에 조개껍데기를 고른다

언덕마루 학교의 그네가 넘실대고
엄마를 부르는 소리가 갯벌까지 닿으면
엄마는 아이의 손을 쥐고
희미해진 노둣길을 걸어 오른다

골목을 휘젓는 아이들의 하굣길은
잠드신 할머니를 깨우고
마중 나온 동생들의 웃음으로
하루에 한 번씩 들썩이는 마을

고기잡이배들이 섬으로 들면
잠시나마 고요했던 섬마을에
별빛처럼 하나둘 불빛이 켜진다

일산 중앙시장

일산역에 노을이 지면 기차는 도착했고
구름도 붉은빛으로 멈추어 섰다

신도시의 경계를 그은 철길 밖으로
흩어지는 칠월의 눅눅한 어둠

시장 상인들이 좌판을 거두는 시간
고요한 바다 집어등처럼
어둠을 삼키는 천정의 불빛

하루가 지나간 시장 골목에
쪼그려 앉은 빨간 김치가게
종종거리는 난간의 비둘기처럼
일 킬로그램씩의 김치들이
지나는 사람들을 하나둘 세어본다

청량리역

아침마다 플랫폼에 들면
천천히 밀려오는 갈등

동쪽은 춘천행
서쪽은 일터로 가는 길

날마다 반복되는 일관성
관습적 서쪽행

서둘러 달아나는 갈등

겨울, 두물머리

양수리 두물머리는 당신을 기다리는 곳

따듯한 바람을 기다리는 고목과
봄볕을 기다리는 메마른 수련

양수리 두물머리는 당신과 머물다 가는 곳

두 개의 강물이 들어 호수가 되어 맴돌다 흐르고
바람은 갈대숲에 머무르다 노을빛으로 사라진다

양수리 두물머리는 길고 긴 여정의 쉼터

속삭이듯 일렁이는 파란 물결은
묵혀왔던 두 강물의 이야기
갈 곳 없어 쓸쓸한 나룻배 긴 돛으로 귀 기울인다

강바람에 흰 눈 날리며 웃음 짓는 겨울이

머물다 갈 집을 짓는다

눈 내리던 날

한낮 햇살이 어젯밤 쌓인 지붕 위 눈을 녹였다
찬바람은 그새를 참지 못해 고드름을 만들었다
텅 빈 배추밭의 꼬마들은 눈싸움을 이어갔고
누이들은 어른들의 발자국에 작은 발을 덧대며 걸었다

태양이 고드름 속에서 한참을 지내다가
서쪽 어둠으로 나가는 저녁이 되면
아이들은 발을 질질 끌며 각자의 집으로 들어갔다

눈이 내리는 하얀 밤 가로등 불빛 아래
타인의 발자국들은 뉘엿뉘엿 고갯길을 넘어가고
눈 덮인 집들이 네온 불빛에 황금색으로 물들었다

내리는 눈 사이로 굴뚝 연기가 피어오르고
하얗고 고요한 밤 아랫목에 모여 앉아
지난 일들을 소곤거렸다

아버지가 뒤꼍에 묻어 놓은 커다란 무 하나 꺼내 오면
엄마가 돌돌 무를 깎았고
사각사각 베어 문 다섯 남매 입가에 웃음이 묻어났다

길고양이가 집으로 가는 길에 들렀는지
눈밭이 된 마당에 발자국을 남겼다

그놈의 사랑

밤부터 바람이 눈구름을 몰고 왔다
첫눈은 좀처럼 포근하게 내리지 않는다

어귀의 갈대는 바람에 몸 가누며 아직 서 있을 테고
아직도 매달린 나뭇잎은 오늘 밤도 버텨낼까

천천히 창문을 열어 날리는 눈에 손을 댄다
가로등 불빛 아래 하얀 눈이 그림자를 드리우고
손잡고 걸어가는 연인 뒤로 눈송이가 따른다

자정을 넘은 라디오 디제이는 말을 아낀다
내가 가장 예쁘던 때
그날의 음악들이 흘러나온다

한 사람이
옛사랑을 추억하고 앉았다

접시꽃

집집마다 분홍 접시꽃이 피었다

장미꽃이라 부르고 나팔꽃이라 부르면
수줍은 접시꽃은 그 꽃이 된다

돋아난 첫해 뿌리를 뻗느라 꽃을 맺지 못했다
두 해를 기다려 하늘 향해 꽃잎을 틔운다

초록색 줄기가 담장 보다 커지면
분홍 꽃들이 고개 들어 골목길을 둘러본다

경포호에서

바람이 불지 않았다면
경포호를 거닐었을까

홀로 오지 않았다면
백로 한 마리 귀 기울이는
한밤중 물결 소리를 들을 수 있었을까

사공의 배도 멈춘 까만 밤
달빛이 호수 위로 춤추지 않았다면
먼 길 경포호를 돌아볼 일이 있었을까

겨울이 온다고 재잘대는 갈대밭과
투둘투둘 눈물 적시는 물레방아

경포호를 거닐지 않았다면
슬슬 당신이 생각났을까

어청도

바다에는 여러 세상이 있어
멀리 수평선 근처에는
하늘이 붙어 있지
두 빛이 같아지면
바다와 하늘은 하나의 세상이 돼

바람에 유영하는 구름은
나그네 세상이야
수면 위로 오른 해무가
구름 세상에 숨기도 하지

바위에 부딪히는 파도와
풍향계를 돌리는 바람의 소리
쉼 없이 쉬어가는 철새와
줄지어 포구에 드는 사람들
같은 세계의 무리가 되지

노을빛이 한바탕 타오르면

등대는 불을 밝혀 모든 것을 비춰내

까만 숲속의 별까지 말이야

새들이 노래를 멈추는 밤의 섬

불빛으로 세상을 그리지

어부의 길

어젯밤 그물을 치고
걸려있을 물고기
홀로 잡으러 간다네

두 아들
서울로 보낸 아버지
담배 연기 한모금 뱉어내고

뒤엉킨 갯골 둔덕
툴툴툴 건너가
슬렁슬렁 그물질 하러 간다네

해설

실존적 고뇌와 기억의 풍경
김차중의 시세계

박태건(시인, 문학박사)

1. 바람의 수사학

김차중 시인의 시집 『내버려두기』는 인간 존재의 본질, 즉 실존을 주제로 한 시적 여행기다. 김차중 시인에게 '여행'은 단순한 공간 이동이 아니라, 자기 내면을 향한 지속적인 탐색과 성찰의 과정이다. 시인은 '떠남'과 '돌아옴'을 반복한다. 이것은 숨쉬기의 '날숨'과 '들숨'에 비유될 수 있다. 생의 조건 같은 반복 속에서 시인의 실존적 자각이 형성된다. 시인에게 일상에 스민 기억과 시는 호흡처럼 순환한다. 시인은 순환의 관계를 통해 끊임없이 자아를 재정립하며 실존의식을 단단히 한다.

최근 증가하는 호흡장애는 사회병리학적으로 주목받는다. 특히 과호흡 증상은 현대인이 겪는 불안, 긴장, 소외를 상징적으로 보여준다. 빠르고 과도한 호흡은 우리 시대가 처한 심리적 고통을 드러낸다. 김차중 시인은 이에 대응해 '바람'을 통해 숨통을 틔우고 자유를 찾으려는 시적 노력을 펼친다. 여행지에서 깊게 숨 쉬며 낯선 공기를 받아들이고 생의 감각을 깨우고 기억을 되살리는 시적 행위는 실존적 깊이를 더한다. '집을 흔드는 바람도 숨'이라는 인식은 존재를 억압하는 외부 환

경과 내면의 현실을 동시에 인지하면서 성취한 깨달음이다.

시집에 드러난 바람 모티브는 변화와 불확실성, 그리고 끊임없이 자신을 넘어서려는 인간 의지를 상징하는 바람의 존재론적 이미지가 투영된 결과다. 장 폴 사르트르가 말한 "현존재는 항상 자기 자신을 초월한다"는 개념처럼, 인간은 고정된 본질 없이 끊임없는 선택과 투쟁을 통해 자신을 만들어간다. 이 점에서 이번 시집의 바람 모티브는 '새로운 가능성'이자 동시에 '과거로부터의 도피'를 의미하는 이중적 상징이다. 시인은 시적 화자를 바람의 심장을 가진 존재로 상정한다. 시적 화자는 시간적으로 성장기의 기억과 공간적으로 집과 낯선 지역을 여행하며 자유와 불안이 교직하는 인간 실존의 역동성을 드러낸다.

시에 바람이 들었다
방안에서만 뒹굴던 시가
바람을 타고 창밖으로 날아가려 한다

그림으로 다시 한 번 숨을 불어넣었다
뒤척인다
작은 새가 되어 간신히 창틀에 올라
날기를 머뭇거린다

바람이 분다
시가 세상으로 날아간다

-「서시」 전문

시집 첫머리에 실린 「서시」는 바람과 실존의 메시지를 보여준다. '작은 새'는 자유롭게 날아오를 수 있는 힘과 가능성을 상징하며, 스스로 바람을 일으켜 세상으로 나아가는 자립적 존재를 나타낸다. 서정주가 '삶의 8할이 바람'이라 했고, 폴 발레리가 '바람이 분다, 살아야겠다'고 한 것처럼, 바람은 삶의 근원적 동력이다. 이는 기존 세계에 순응하지 않고 끊임없이 새로움을 추구하려는 정신의 은유다. 김차중 시인은 시론의 서문에서 바람을 '세상으로 날아가는 시'의 은유로 삼으며, 자유에 대한 선언을 선포한다.

「서시」에서 내세운 것처럼 이번 시집에는 바람처럼 끊임없이 변화하는 실존의 현장 속에서 인간이 나아가야 할 길, 즉 자기 자신을 향한 진솔한 성찰과 용기가 가득하다. 시인은 호흡에 집중하듯, 시에서 펼쳐진 '바람의 호흡'을 따라 내면 깊숙이 여행하도록 이끈다. 이 여정은 단순히 시를 읽는 것을 넘어, 실존적 자유와 책임을 자각하는 하나의 체험이자 삶의 자세임을 강조한다. 이제 시집을 펼쳐, 시인의 내면에 부는 바람의 흔적을 따라가 보자.

2. 시간의 정체 그리고 희망

김차중 시집에 드리워진 '실존적 고독'은 인간이 시간, 환경, 내면의 불확실성 속에서 경험하는 고독과 성찰을 깊이 있게 탐구한다. 시집은 계절 변화와 일상 사물, 삶의 조건들을 상정하고 있는데, 이는 인간 존재의 의미를 찾아가는 여정의 정거장 역할을 한다.

큰 눈 쌓이는 소리가
잠을 깨웠다
삼월 중순 새벽

봄이 끊겼다

느리게 가던 겨울이
눈 맞고 내려앉았다

걱정 말아라
낮이 되어 햇살 비추면
얼었던 겨울눈
싹 틔우겠지

-「봄눈」 전문

시 「봄눈」에서 '눈'은 단순한 자연현상이 아니라, 겨울을 견디고 봄을 준비하는 생명력의 중의적 표현이다. '봄눈'은 시인이 상상하는 개화의 세계를 예비하는 약속이지만, 갑작스러운 눈은 그 약속의 이행을 위협한다. 시인은 삼월 중순에 내린 눈으로 인해 계절의 흐름을 멈춘 것을 안타까워한다. 그리고 화자는 "걱정 말아라"라는 위로를 통해 봄이 반드시 돌아올 것임을 믿는다. 이는 실존적 고독 속에서도 삶의 순환과 희망을 포기하지 않는 인간 의지를 보여주려는 의도다.

한편, 눈은 시간의 정지와 반복을 상징한다. 니체의 영원회귀 사상처럼, 눈은 순간의 반복 속에 인간 존재의 선택과 의미를 묻는다. '끊겼다'라는 시어에는 '이어져야 한다'는 갈망이 숨어 있으며, 이러한 인식은 실존적 시간에 대한 깊은 성찰로 이어진다. '끊겼다'는 시어는 절망이 아닌 새로운 시작을 암시하고 있는 것이다. 시인은 예상치 못한 시련 속에서도 변화를 받아들이고 희망을 품는 존재의 심리를 '눈 속의 눈'으로 섬세하게 포착한다.

눈 내리는 소리를 청각적 이미지로 받아들인 1연은, 4연에서 '걱정 말아라'라는 위로로 이어진다. 여기서 시적 청자는 '잠시 얼었던 겨울눈'이다. 시적 화자는 봄의 흔적이 눈에 덮이는 순간 존재의 유한성을 느끼고, 햇살이 비추는 시간을 기다린다. 위기를 극복하기 위해 수동적 기다림을 택하고 있다는 점에서 시인의 대응 양식이 신뢰에 의지하고 있음을 알 수 있다.

옥상이 있는 집에 사는 녀석은 나에게 옥상 구경을 허락하지 않았다. 가장 높은 곳을 독차지하는 우두머리 물개처럼 학교가 끝나면 녀석은 옥상에 올라 동네 단 하나의 길을 내려다보는 것이다. 사람들이 지날 때면 다 먹은 옥수수를 사람들에게 수류탄 던지듯 내던질 때도 있었다. 땅에서 몇 미터 올라선 저곳은 구름 같을 곳일 거야, 고요하고 숨기 좋은 곳, 아무도 방해할 수 없는 곳, 내가 간직하고 싶은 것만 골라 얹어 놓고 나만의 세상을 꾸밀 수도 있을 거야, 주정뱅이의 고함도 들리지 않을 테고 밤하늘 뜬 별을 언제나 볼 수 있겠지. 경계도 없는 초원 같은 곳일 거야. 옥상이 있는 집에 사는 것, 옥상을 마음껏 누빈다는 것은 장래의 희망보다 더 큰 꿈이었다. 마을이 개발되고 3층 집도 지어지고 괴물 같은 아파트도 생겼지만 물결 모양의 슬레이트 지붕을 얹은 집에 사는 나는 옥상은 늘 오르고 싶은 정상이었다. 서울에 올라와 얻은 집, 다섯 평이라고 우기는 세 평짜리 자양동 옥탑방, 무릎도 닿지 않는 난간의 계단을 오르는 화산^{火山}의 바위 잔도 길, 해뜨기 전과 해가 지고 난 밤 오르내리는 옥탑방. 나는 허름했던 어린 시절 꿈을 이루어 냈다.

　-「옥탑방」전문

'옥탑방'이 특별한 것은 '나만의 세상을 꾸밀 수' 있는 가능

112

성의 공간이기 때문이다. (그 공간을 갖기 위해선 그만큼의 계단을 오르내리는 노동을 해야 한다.) 시집 전반에 드러나는 '가난', '고독'과 같은 소재들은 단순한 물질적 결핍을 넘어서, 인간이 자신의 삶과 조건에 대해 어떻게 인식하고 그것을 극복하며 진정한 자아를 발견하는가라는 실존적 물음을 던진다. 작중 화자는 '옥상을 마음껏 누비는 자유'가 물질적 충족이나 '장래의 희망보다 더 큰 꿈'이라고 생각한다.

위의 시에서 작중 화자는 옥상의 '물결 모양의 지붕'을 보면서 별이 뜬 광활한 바다와 경계도 없는 초원을 상상한다. 그가 상상한 순간은 '풀밭', '바다'처럼 다양한 공간 이미지로 재현된다. 어쩌면 작중 화자가 꾸는 큰 꿈은 보이지 않는 것을 상상하는 힘에서 비롯된 것인지도 모른다. 그곳에서는 '간직할 수 있는 것만 골라 얹어' 놓을 수 있는 자유가 가능하기 때문이다. 시인은 옥탑방을 독자 스스로 자신의 내면과 마주할 수 있는 고독의 공간으로 이끈다.

실존주의에서의 고독은 인간 존재가 자신만의 길을 걸어가야 하는 불가피한 숙명이며, 동시에 자유와 책임을 짊어지는 기초가 된다. 김차중 시인은 이러한 고독을 일상의 공간 최대치인 '옥탑방'이라는 장소로 현현한다.

가난은 김차중 시 세계의 중요한 배경이다. 가난은 단순한 결핍이 아니라 존재를 초월하고자 하는 의지의 무대가 된다. 시인에게 '옥탑방'은 누추함을 넘어 나만의 세계를 꾸밀 수 있는 가능성의 공간이었다. 가능성의 공간이 과거형인 것은 현재는 '어린 시절 꿈을 이루어 냈'기 때문이다. '세 평짜리 옥탑방을 다섯 평이라 우긴다'는 표현은 자존감을 드러낸다. 옥탑방으로 연결된 계단은 과거와 이상을 연결하는 통로이자, 작중 화자의 실존적 여정을 보여 준다. 옥탑방이 지닌 공간적 의미는 '허름했던 어린 시절'과 구분되는 시공간성을 보여준다. 이상적 공간인 옥상과 현실 공간인 지상을 잇는 것은 계단이다. 계단은 '옥탑방의 서사'를 극적으로 보여주는 공간이다.

계단의 소리는 여러 가지다
밟는 이의 생김새와 마음에 따라
다른 소리를 낸다
내릴 때와 오를 때가 또한 다르다

계단의 박자는 여러 가락이다

밟는 이의 사는 모습에 따라 다르다
내릴 때와 오를 때가 또한 다르다

아침의 계단과 저녁의 계단은
다른 소리를 낸다

계단이 숨을 죽이면
세상은 고요하다

새벽이 트고 새바람이 찾아들면
계단은 다시 긴 장단을 켠다

-「계단」 전문

「계단」은 존재의 여정을 상징하는 이미지다. 시인은 일상의
소리에 대한 작은 변화를 감지하며 인간 실존의 다층성을 섬
세하게 포착한다. 시인은 아침의 계단과 저녁의 계단 소리가
다르다는 것을 깨닫는다. 발소리의 다채로움은 삶의 복합성
과 심리적 전이를 나타낸다. 오름과 내림에 따라 변하는 소리

는 인간의 선택과 책임, 그리고 존재의 불안을 드러낸다. 작중 화자는 '계단 소리'를 삶의 여러 '가락'과 같다고 인식한다. 일상의 소음은 서로 다른 소리가 어우러지기에 하모니가 되기도 하지만 불협화음을 낳기도 한다. 계단을 오를 때와 내릴 때 서로 다른 소리가 나는 것은 개인의 심리 상태나 인생의 국면에 따라 경험이 달라짐을 나타낸다. 이는 우리 사회와 삶이 단조롭지 않고 다층적이며 복합적임을 의미한다.

  시인은 계단의 수직적 공간 구조와 발소리에서 인간의 자유의지, 선택, 책임, 그리고 불안과 같은 실존적 문제를 탐구한다. 아침에 계단을 바쁘게 내려가는 소리와 저녁의 힘겨운 발소리는 인간의 삶의 무게를 청각적으로 보여준다. 공간이 주는 물리적 변화는 시적 청자의 심리적 전이로 이어진다. 이렇듯 시인의 예민한 감각은 세상의 발소리가 내는 다양한 가락에 귀를 기울이며 발소리의 서사를 유추한다.

외출을 마치고 신을 벗으면
구두는 밤새 긴 숨을 쉰다
아침이 오면
다시 그 속을 내어 준다

계절이 한 번 돌고, 갈 길 다 갔더니
주름은 나이테처럼 깊은 자국이 되었다
뒤꿈치의 탄력이 희미해졌다
번쩍이던 윤기도 사그라졌다

새 구두 사러 가는 길
구두는 생채기 난 연어가 되어 염천교까지
나를 실어다 주었다

-「구두」일부

「구두」는 인간 존재의 궤적을 시각적, 촉각적으로 형상화한 사물이다. 닳아가는 구두는 노동과 삶의 투쟁, 시간의 흔적을 상징한다. 구두가 각 사람의 발에 맞게 변형된 모습은 개인의 독특한 삶의 궤적을 보여준다. '구두가 밤새 긴 숨을 쉰다'는 표현은 삶의 휴식과 재생을, 연어로 비유된 구두는 고통 속에서도 나아가는 인간 존재의 여정을 보여준다.

한편 구두는 세상과의 접촉을 통해 발소리를 내는 물질이기도 하다. 구두의 닳아진 부분은 고된 삶의 흔적이자 개인의 실존적 투쟁의 증거다. '구두'는 세계와 접촉하며 소유자에게 존재의 의미를 새기는 물질적 매개체다. 시인은 신을 통해 실존적 조건 속에서 인간이 어떻게 자신과 세계를 인식하고 받아들이는지를 보여준다.

「같은 신발」에서는 퇴근길에 아들에게 닳은 운동화를 사 들고 가는 장면을 통해 일상 속 실존적 사랑과 책임을 보여준다. "퇴근길 / 닳은 운동화를 사 들고 / 집에 간다"에서 관계를 보여주는 시어는 '닳은'이다. '닳은'이라는 시어는 같은 형태라는 의미와 함께 부자간의 닮고 싶은 심리가 중의적으로 담겨 있다. 그런데 이 시어가 '퇴근길'이라는 공간과 만나면서 의미변화를 한다. 작중 화자는 집과 가까워지는 '퇴근길'을 통해 점점 자신의 모습으로 돌아간다. 일상에 치여 잃어버린 자신의 모습을 되찾게 되는 과정이 가족에게 돌아가는 퇴근길이라는 설정이 실존이다.

아들에게 운동화를 사 주는 단순한 행위는 평범하지만, 아들에게 사준 신발과 닮은 운동화를 고르는 행위를 통해 시인은 하이데거(Martin Heidegger)가 말한 일상적 사물에서 발견되는 '존재'의 의미를 갈구한다. 하이데거는 인간은 '세계-나-존재'로 서로 연결되며 그 속에 자신의 존재를 흔적으로 남기는 상징적 매개체를 찾는다고 했다. 시인은 독자에게 존재의 불확실성과 끝없는 변화 속에서도 희망을 품고 자기 자신을 찾아 나서는 '실존적 여정'을 제안하려는 것이다.

3. 기억과 시간, 존재의 관계

이 시집에서 '기억'은 단순한 과거 회상이 아니다. 그것은 인간 존재의 근원에 대한 탐구이자, 실존적 자기 발견의 매개체로 작용한다. 시인은 기억을 통해 개인의 삶이 시간의 흐름 속에서 어떻게 구성되며, 과거가 현재와 미래로 이어져 새로운 의미를 창출하는지를 섬세하게 보여 준다.

예컨대 「완행열차」의 "눈을 감으면 떠오르던 기억도"라는 구절은 하이데거가 말한 '시간 속 존재' 개념과 연결된다. 여기서 기억은 과거라는 고정된 지점이 아니라, 과거와 현재가 상호작용하는 실존적 행위로 제시된다. 시적 화자는 과거의 순간들을 현재의 자기 인식과 결합시키며 끊임없이 자신을 재구성한다. 또한 「너에게」에서 등장하는 '불빛'은 과거의 흔적이면서도 현재 속에서 재현되는 존재이며, 창조적 자유와 책임을 상징한다.

기억과 존재를 연결하는 다른 시 구절들도 인상적이다. 예를 들면, "고요하게 비추는 달 속을 들여다보다가 / 옛 생각을 꺼내어 본다"(「변해가네」), "나는 너와의 기억을 노을에 물들였다"(「노을 속에는」), "기억 속 풍경은 네모가 되어 쌓아진 역사"(「가은역」), "기억 속 이름들을 꺼내어 하얀 종이에 밤새도록 쓰고 읽어야겠다"(「그 사람 이름을 기억하기로 했다」), "사라진 기억들이 햇살처럼 / 서랍장 밖으로 내비친다"(「서랍 속 노트를 꺼내어」) 등이다.

이처럼 시인이 기억에 주목하는 이유는, 기억이 단순한 연대기적 기록이 아니라 살아 움직이는 삶의 사건이기 때문이다. 김차중에게 기억은 개인적 회상을 넘어, 쌓이고 겹치며 역사의 층위를 이루는 의미망이다. 가족 서사를 다룬 작품을 살펴보자.

엄마는 잘 때마다 돌아 누웠다

1980년,
대학병원 짓는 일에 못을 뽑으러 나간다
일을 나설 때 손에 쥔 수건이 전부다
종일 쪼그리고 앉아 장도리로 못을 뽑아내는 일이다

나는 일곱이라 일 가는 엄마를 말릴 수 없다
일 나가면 친구도 만나며 즐겁다는 엄마

해질녘 사립문 열리는 소리는 엄마의 소식이다
목에 두른 구겨진 수건, 오른손엔 보름달빵
달려가 구수한 땀내 가득한 엄마의 품에 안긴다

엄마는 잘 때마다
돌아누운 채 시름시름 앓다가 잠이 든다
엄마의 베개에 묻어난 얼룩

몇 해가 지나고
엄마가 하늘로 가시고
달콤하기만 했던 그 빵이
엄마의 새참이라는 것을 알았다

베개의 얼룩이
엄마가 흘린 눈물자국인 것을 알았다

-「엄마의 베개」 전문

　위의 시에서 어머니의 죽음과 함께 등장하는 '베개의 얼룩'
은 단순한 물질적 흔적이 아니다. 이는 실존의 고뇌와 부조리
한 현실을 상징한다. 알베르 카뮈가 말한 것처럼, 죽음은 부
조리의 절정이며, 인간은 이 부조리를 직면하면서 삶의 의미
를 모색한다. 김차중은 베개에 남은 얼룩을 통해 슬픔과 가
난, 인간 존재의 한계를 시각화한다. 이 얼룩은 삶과 죽음, 기
억과 잊음이 교차하는 지점이며, 인간이 한계와 자유 사이에
서 고뇌하며 자신을 찾아가는 과정을 드러낸다.
　'엄마의 눈물'이 만든 시각적 이미지는 인간 존재의 조건
을 응축한다. 시인은 물질적 결핍을 넘어, 인간이 자신의 환
경을 어떻게 수용하고 초월하려 하는지를 질문한다. '달콤한
빵'과 '구수한 땀내'는 기억의 미각과 후각을 불러내며, 하늘
로 간 어머니의 품을 실존적 공간으로 재현한다. 결국 기억
을 재구성하는 이 과정은 자신의 존재와 삶의 본질을 탐구하
는 길이었다.
　기억을 시로 재현하는 행위는 과거를 단순히 떠올리는 데 그
치지 않는다. 시인은 그 경험을 현재의 의미 속으로 통합하는
창조적 행위를 수행한다. 생생하고 구체적인 재구성은 과거
가 현재를 형성하는 동적 과정임을 보여 준다. 이는 '삶은 본
질이 아니라 행위'라는 실존주의 명제를 뒷받침하며, 인간 존
재가 끊임없이 자기 자신을 재창조하는 존재임을 드러낸다.
　김차중 시집에서 기억은 실존적 자아를 찾아가는 필수적 동
력이다. 시인은 시간과 존재, 고통과 희망이 교차하는 기억

의 풍경 속에서 죽음과 삶, 자유와 책임, 개인과 사회의 만남을 탐색한다. 이 과정은 독자로 하여금 자신과 세계를 새롭게 인식하고, 끊임없이 변화하는 존재를 긍정하도록 이끈다.

시인이 실존적 자아를 찾아가기 위한 기억의 중심에 '집'이 존재하는 것도 한 특징이다. 「겨울, 두물머리」의 "강바람에 흰 눈 날리며 웃음 짓는 겨울이 / 머물다 갈 집을 짓는다"는 것은 자연도 집이 있어야 산다는 의식을 드러낸다. 집을 짓는 행위는 단순한 건축을 넘어, 실존적 창조 행위로서 자신의 삶과 흔적을 세계에 새기는 의지를 상징한다.

김차중 시인은 「황금마트」의 "집 밖으로만 나가면 외쳐대는 아이들… 퇴근길 마주친 황금마트"라는 구절에서, 도시의 소음과 현대 소비문화라는 배경 속에서 인간 존재의 단절과 내면의 혼란을 생생히 묘사한다. 이 소음은 단순한 배경음이 아니라, 빠르게 돌아가는 현대 사회에서 자신을 발견하기 어려운 실존적 난제를 상징한다.

퇴근길이 '집'으로 향한다는 사실은 '집'이라는 소재가 물리적 공간을 넘어 존재와 환경, 그리고 삶의 진정성을 탐구하는 중요한 매개체임을 시사한다. 김차중 시에서 집은 단순한 피난처가 아니라, 퇴근길이라는 경로는 단지 공간적 이동이 아닌 존재의 의미를 확인하고 가족과의 유대를 강화하는 시간이 된다. 집은 삶의 아름다움과 생활의 고통이 공존하는 실존의 무대다.

한편 퇴근길이라는 일상적 소재는 실존 철학의 핵심 주제인 자유, 선택, 책임, 그리고 삶의 부조리를 섬세하게 담아낸다. 이는 사르트르가 말한 '타자와의 만남에서 오는 소외감'을 연상시키며, 개인이 타자와 소통하고자 하나 끊임없이 단절되는 현상을 보여준다. '황금마트'라는 장소는 물질적 소비를 통한 일시적 위안과 동시에 부조리한 삶의 모습을 상징하며, 알베르 카뮈의 부조리 철학과 깊이 연결된다. 결국, 시인은 이러한 외부 환경의 압박 속에서도 인간이 자신의 자유로운 선택과 의지로 삶의 진정한 의미를 찾아야 함을 암시한다. 「눈 내리던 날」의 "저녁이 되면 / 아이들은 발을 질질 끌며 각자의 집으로 들어갔다"는 구절은 익숙한 일상 속에서 드러나는 실존적 고독을 포착한다. 아이들이 피곤에 지친 몸을 끌고 집으로 돌아가는 모습은 하이데거가 말한 '세계-내-존재' 개념을 반영하며, 집이라는 공간이 안식처이자 동시에 피로와 무기력이 교차하는 현실임을 보여준다. 이는 각자가 자신만의 세계 속으로 돌아가는 인간 존재의 본질을 상징한다.

김차중 시인은 자연과 일상, 삶의 주변 사물들을 통해 실존적 고독의 본질을 탐색한다. 갑작스러운 '봄눈'이 일시적 정체를 드러내면서도 변화와 재생의 희망을 품듯, '계단'은 삶의 결정과 책임을, '구두'는 고통과 성장을 입체적으로 보여준다. 시인은 이런 다양한 상징을 통해 고독을 단순한 소외가 아닌, 인간 존재가 자기 자신과 세계에 대해 깊이 사유하는 출발점으로 그려 낸다.

이렇듯 김차중 시는 가난과 일상적 경험을 바탕으로 인간의 자유, 선택, 책임, 그리고 부조리라는 실존철학의 주제를 섬세하고 깊이 있게 형상화한다. 각 시편은 단순한 현실 묘사를 넘어, 인간 내면의 고독과 투쟁, 그리고 그 속에서 피어나는 삶의 의미를 아름답고 긴밀하게 그려내어 독자로 하여금 존재에 대한 깊은 성찰을 유도하고 있다.

4. 발길 닫는 곳은 모두 고향이러니

3부에 수록된 여행시 역시 시인의 실존주의적 사고와 깊이 맞닿아 있다. 우리는 낯선 풍경을 마주할 때 일상의 틀을 벗어나 자신의 존재를 응시하고 내면과 대화하게 된다. 이는 실존주의 철학에서 말하는 '자기 존재와의 대면'을 의미한다. '청산도', '석모도', '보리암', '격포 등대', '무등산', '전북', '일산 중앙시장', '두물머리', '청량리역', '어청도', '경포호' 등 장소를 제목 삼고 있는 시들이 그것이다. 이 시들에서 작중 화자의 쓸쓸함을 품은 내면의 목소리를 들을 수 있다. 여행지에서 느끼는 쓸쓸함은 시인의 과거의 흔적과 맞닿아 있으며, 이는 존재와 삶의 의미를 새롭게 이해하는 통로가 된다.

시인에게 여행은 단순한 공간 이동이 아니라, 낯섦과 고독을 경험하며 자기 존재에 대한 근본적 질문을 던지는 여정이다. 사르트르가 말한 '던져진 존재'로서 인간은 세계에 무작위로 내던져진 존재이며, 혼자 하는 여행은 자유와 책임을 직접 체험하는 실존적 순간이다. 하이데거가 제시한 '세계-내-존재' 개념처럼, 낯선 곳에서의 경험은 인간이 세계 속에서 존재를 새로 인식하는 기회다. 낯섦은 인간이 자신의 본질을 다시 마주하게 만든다. 아래 인용시 「너에게」는 기차라는 매개체를 통해 실존적 선택과 시간의 흐름을 섬세하게 포착한다.

고향을 지나는 기차를 타면
가까운 가로등 불빛은 빨리 지나가고
먼 곳 너의 집 불빛은 천천히 지나가고
나는 그 시간 속에 서성이고

- 「너에게」 전문

밤 기차를 타고 고향을 지나던 화자는, 불빛을 통해 과거를 감각한다. '가까운' 불빛은 현재를, '먼 곳'의 불빛은 과거의 추억을 상징한다. 그러나 기차는 멈추지 않고 달려가며, 화자는 그 시간 속에 머무를 수 없다. 불빛을 향해 기차에서 내릴 수도 있었지만, 그는 과거에 머물지 않고, 현재를 살아가기로 선택한다. 이는 실존적 자유와 책임을 은유하는 순간이다.

'불빛'은 과거의 흔적을 떠올리게 하는 시각적 요소다. 시간적 배경이 밤이라는 것을 감안하면 '먼 곳 너의 집 불빛은' 과거의 어둠을 밝혀주는 심리적 요인이다. 시적 화자는 '그 시간 속에 서성이고' 싶다. 그러나 기차는 달려가고 시인은 현실이라는 기차에서 내릴 수 없다. 과거의 특별한 시간에 머물고 싶은 마음과, 그럴 수 없는 딜레마가 '빨리 지나가고', '천천히 지나가'는 시어로 대비된다.

한편, 작중 화자는 기차에서 하차하여 고향의 불빛으로 다가갈 수도 있다. 그것은 퇴행이다. 시인은 '먼 곳 너의 집 불빛이' 멀어지도록 내버려둔다. 과거를 추억으로 남기고 현재적 의미를 깨닫는 순간, 어둠 속에 사라진 불빛은 영원히 켜지게 된다. 이 절대적 순간이 인간 자유의 본질, 즉 자신의 삶을 스스로 결정하고 책임지는 과정으로 은유 된다. 기차를 제재로 한 시 「완행열차」에서는 시간과 기억의 흐름이 '기차의 리듬'에 실려 표현된다.

덜컹거리는 기차는 어김없이 졸음을 불렀다 / 어지간히 규칙적이던 기차의 진동은 / 차라리 고향이었다

눈을 감으면 떠오르던 기억도 / 기차의 리듬에 춤을 추었고 / 차창을 스치는 삼각형의 지붕들도 / 울림에 따라 다가오고 떠나갔다

물건을 파는 역무원의 리듬 섞은 언어도 / 아기의 울음소리도 / 기차 바퀴의 덜컹거림에 박자를 맞춘다
(중략)

노란 바람이 세상을 누렇게 물들이는 시간 / 도닥도닥 기차의 진동
이 느려지면 / 무채색 군산역이 덜커덩 덜커덩 천천히 다가왔다

-「완행열차」 전문

기차의 진동은 고향과 기억을 불러온다. 과거가 현재를 덮
치고, 낯선 공간 속에서 존재는 과거와 현재 사이를 오간다. '
노란 바람'과 '무채색 군산역'은 계절과 시간, 그리고 잊힌 과
거를 상징한다. 시인은 기억의 흐름 속에서 낯섦과 익숙함을
연결하고, 실존적 자기 인식을 확장한다.

「완행열차」에서 노력하는 기억과 시간의 흐름, 그리고 그
사이에서 드러나는 고독은 현존하는 삶과 사라져가는 과거가
교차하는 지점으로, 시적 화자가 낯선 공간에 속하면서도 동
시에 그 공간에 초월적으로 존재하는 모습을 보여준다. '군산
역이 무채색'으로 그려진 것은 추억의 '규칙'과 '리듬'으로 만
들어진 공간이기 때문이다.

'물건 파는 역무원의 리듬 섞은 언어'가 만드는 청각적 이
미지는 현재를 익숙하지 않은 세계로 대면하게 한다. 익숙한
과거가 현재를 낯설게 인식시키는 것이다. 시인은 그 낯섦을
인상을 기록한다. 인상 기록은 시간과 경험의 의미를 붙잡으
려는 무의식적 반응이다. 유한한 존재로서 순간을 기억하고
보존하려는 실존적 시도다. 기록은 단순한 데이터의 축적이
아니라, 그 안에 담긴 감정과 경험을 반추하는 행위로, 실존
적 의미를 확장한다.

김차중 시인이 즐겨 쓰는 회상을 통한 시간의 전치 기법은
하이데거의 "세계-나-존재"의 틈에서 겪는 고독의 경계를 확
장하려는 시도로 보인다. '완행열차의 이음칸'은 현재와 추억
을 연결하고, '노란 바람'은 계절과 계절을 연결한다. 시인은

낯섦과 익숙함을 연결하는 추억을 소환하여 자신 존재를 응시하고 현재를 삶의 의미를 묻는 실존적 기회로 재기억한다.

시인이 정거장에서 발견하는 멈춤과 선택의 순간들은 상징적 의미다. 정거장은 선택의 지점이자 시간의 흐름을 실감하게 만드는 순간이기 때문이다. 인간이 경험하는 삶의 분기점들처럼, 시인은 군산역을 통해 자신이 지나온 길을 돌아보고, 앞으로의 길을 상상한다.

아래 인용시 「가은역」에서는 끊어진 철로와 고요한 역사를 배경으로 인간 존재의 부조리와 실존적 의미 탐색이 펼쳐진다.

탄광 아래 작은 마을 가은역이 있다
봄비를 적신 가은역은 고요했다
끊어진 철로를 등 뒤로 숨기고 아무 일 없는 듯 사람들을 반긴다
그리운 사람들은 세모가 되었고 기억 속 풍경은 네모가 되어
쌓아진 역사驛舍는 여전히 그리워하던 사람들을 불러댄다

나도 그 앞에 불리어 섰다

-「가은역」 일부

쇠락한 공간에서 화자는 과거와 망각을 마주한다. '바람벽에 붙은 낡은 시간표'는 잊힌 시간의 흔적이다. 김차중은 과거의 부조리 속에서 현재의 의미를 모색하는 인간의 실존적 투쟁을 그려낸다.

이 시는 카뮈가 말한 '부조리한 세계에서 자기만의 의미를 창조하는 인간'을 떠올리게 한다. 「가은역」은 과거 산업화 시대의 번성했던 공간이지만 현재는 쇠락한 그 현장을 통해, 시

인이 고독 속에서 잊혀진 시간을 회상하며 개인과 사회, 기억과 망각의 교차점을 탐색하는 모습을 담았다. 작중 화자는 '작은 간이역에 내리는 보슬비가 봄을 부르는 신호'이며 '길 건너 줄지어 선 벚나무는 봄꽃을 틔울 빗물을 머금었다'고 생각한다. 시적 공간 속에서 실존주의 철학의 핵심 주제가 살아 숨 쉰다. 시인은 '끊어진 철로'를 보며 타인과의 관계에서 벗어난 현재의 고독을 강렬히 경험하게 된다. 카뮈가 이해할 수 없는 세계 속에서 자신만의 의미를 찾는 과정이 삶임을 말했다면 시인은 '바람벽에 붙은 낡은 종이의 막차 시간표'를 통해 망각된 과거의 시간 속에서 현재성을 탐색한다. 기차 안에서 타인들과 잠시 스치는 관계 속에서 느끼는 고독감은 부조리한 삶 속에서 자신만의 의미를 만들어내려는 시인의 노력을 암시한다.

5. 별들의 소리를 듣는 외로운 귀

김차중 시는 가난과 일상의 경험을 통해 인간의 자유, 선택, 책임, 그리고 부조리라는 실존철학의 주제를 섬세하고 깊이 있게 형상화한다. 각 시편은 현실 묘사를 넘어 인간 내면의 고독과 투쟁, 그리고 그 속에서 피어나는 삶의 의미를 긴밀하고 아름답게 드러낸다. 그의 시는 독자로 하여금 자신과 세계를 새롭게 성찰하고, 존재의 본질을 끊임없이 묻도록 이끈다.

김차중 시인은 목적지 없는 여정과 실존적 순간에서 기차 여행에서 특정 목적지가 아니라 그 과정이 중요하다는 깨달음을 얻는다. 작중 화자가 느끼는 기차의 리듬감은 끊임없이 움직이는 삶의 흐름을 상징하며, 여행자는 그 안에서 자기 자신과 세계의 관계를 재정립한다. 즉 시인에게 여행은 실존적 자각과 자기 발견의 여정인 것이다. 여행과 기차 여정은 이처럼 '목적지 없는 여정', 즉 삶의 부조리와 고독, 자유와 책임이 공존하는 실존적 깨달음의 과정이다. 시인은 여행지에서 느끼는 '움직임과 멈춤', '익숙함과 낯섦', '만남과 고독' 사이에서 존재의 의미를 묻고, 그 과정 자체에 삶의 가치를 둔다. 이는 독자에게도 나 자신의 존재와 세계와의 관계를 새롭게 성찰할 계기를 마련해 준다.

창밖으로 꺼낸 화분 속에
토끼풀과 참새 발가락 닮은 풀이 자라도록
내버려두었다

별처럼 작고 노란 꽃을 피웠다

풀벌레 하나가 자리를 틀고
화분에 떨어진 별들과 속삭인다

오늘밤엔 별 닮은 이슬비가 오려나 보다

-「내버려두기」 전문

표제시이기도 한 「내버려두기」는 작은 자연물같이 연약한 존재들과 작중 화자가 눈을 맞추는 작품이다. 시인은 '토끼풀'과 '참새 발가락 닮은 풀', '별처럼 작은 노란 꽃', 속삭이는 '풀벌레', '이슬비'처럼 작고 소박한 것들이 각각의 존재의 의미와 아름다움을 담고 있음을 깨닫는다. '내버려둔다'는 것은 그 나름의 존재를 인정한다는 뜻. 낯선 공간에서의 쓸쓸했던 과거와 화해하는 순간이다. 이처럼 시인은 자연물에 대한 섬세한 시선을 통해 진정한 자유와 삶의 의미를 묻는 실존적 대화를 이어 나간다. 인간 고독의 아름다움과 그 속에서 찾는 자기 발견의 깊은 의미를 전달한다. 이 아름답고 단정한 시에서 우리는 수많은 존재와 존재들이 만들어내는 실존적 관계를 상상한다.

'화분에 떨어진 별들과 속삭일 줄' 아는 사람은 별들의 언어를 들을 줄 아는 사람일 것이다. 그는 '큰 눈 쌓이는 소리'(「봄눈」)를 듣고, '아침의 계단과 저녁의 계단 소리가 다르다'(「계단」)는 것을 들으며, '물건을 파는 역무원 소리'(「완행열차」)를 듣는다. 시인이 사물의 소리를 들을 수 있는 건 '귀가 외롭기 때문'일 것이다. 외로운 사람이 외로운 소리에 귀를 기울이듯, 일상에서 문득 이탈한 자가 '별처럼 작'은 것들과 별의 언어로 속삭일 수 있는 것이다.

지금까지 김차중 시인의 시집 「내버려두기」를 읽어가면서 바람에 대한 실존적 인식이 가득한 것을 발견했다. 시인이 추억을 상상하는 의지로 그린 조감도를 살펴보니, 그는 낯선 곳에서도 언제나 희망의 지도를 그리고 있었다. 김차중 시인은 이상향을 향해 날갯짓을 하는 새의 심장을 품고 있는 듯 하다. 그의 시가 음악성을 띠고 있다는 점도 그의 낭만적 지향성을 뒷받침한다.

김차중 시인은 기억에 대한 반성적 시학을 시적 전략으로 삼고 있다. 향후 김차중 시인의 시세계가 관조와 기다림의 시선에서 역동적으로 나아가길 바란다. 바람의 방향을 가리키는 손짓보다 바람을 거슬러 나는 새의 날갯짓을 보고 싶다. 여러 시편에서 바람이 머문 자리마다 시선이 향하고 있고, 추억의 상상력이 반짝이고 있음을 확인하였고 앞으로의 기대 또한 크다.